마_음_이_마_을_이_되_는_소_풍

마_음_이_마_올_이_되_는_소_풍

ⓒ 온빛참존, 2021

초판 1쇄 발행 2021년 9월 9일

지은이   온빛참존
그림   별빛단비
펴낸이   이기봉
편집   좋은땅 편집팀
펴낸곳   도서출판 좋은땅
주소   서울 마포구 성지길 25 보광빌딩 2층
전화   02)374-8616~7
팩스   02)374-8614
이메일   gworldbook@naver.com
홈페이지 www.g-world.co.kr

ISBN   979-11-388-0169-0 (03810)

마_음_이_마_을_이_되_는_소_풍

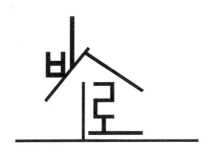

그림: 별빛단비
글씀: 온빛참존

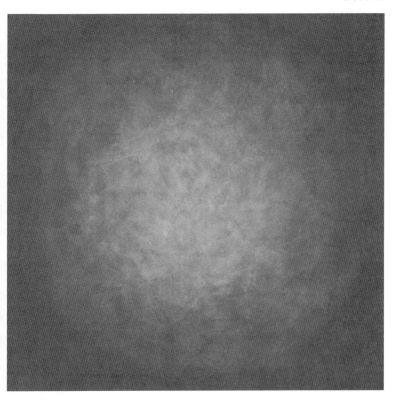

좋은땅

달의 꿈

아폴로 11호가
　　　달 착륙한 영상에서
깃발의 펄럭임을 보고
생각건대
아폴로 11호는 달에 간 것이
아닐 수
　 있습니다

누군가는
뭐야 아폴로 11호가 달에 가지 않았다고
말도 아니되는 소리라고 여길 수 있습니다
그래서 이 책을 선택하는데
신중해 볼 필요가 있을 것 같습니다

어떤이는
참나 아폴로 11호가 달에 갔든 말든
나와 상관없는 소리라고 넘길 수 있습니다
그러니 이 글을 살펴보는데
주의해 볼 필요가 있을 것 같습니다

天

달에는 공기가 존재하지 않는다 합니다

그런데 깃발이 펄럭일 수 있을까요
달은 지구 주위를 일정 속도로 돌고 있으므로 그 힘에 의해
깃발이 움직일 수 있을지는 모르겠습니다
아폴로 11호가 도착한 곳이
발자국이 찍히는 지형이라면 착륙선이 내려 앉을 때
나타나는 엔진 분사 흔적도 있어야 하지 않을까요
이런 이유 등으로 아폴로 11호는 달에 간 것이
아님을 유추해 볼 수 있습니다
아울러 또 하나의 사실은
이를 통해 인류에게 꿈을 주었다는 것입니다

그날의 환호성이 있었기에
지금의 깨어남이 있습니다

地

誰曰不可
수 왈 불 가

누가 옳지 않다고 말하랴 곧 옳지 않다고 말할 이는 없음을 뜻합니다

옳지 않다고 말할 수 있는 존재는 아마도 창조주 그뿐일 것입니다

저 역시 한 凡人이기에 감히 옳지 않다고 말할 수 없으며
　　　　범 인

그러고 싶지도 않습니다

그럼에도 저의 不及함으로
　　　　　불 급

그렇게 말할 수 있으며

그렇게 보일 수 있으니

이점 독자님의 양해를 정중히 부탁 드립니다

人

秘 苑
비   원

늘 나는 변화를 꿈꾸었지

한껏 내 자신을 뽐내고 싶어

절망적 모순에 어찌할 길 몰라

한없이 창밖에 시선이 머무네

저만치 옹기종기 놀이하는 아이들

한참을 고스란히 바라보니

하나하나 새롭고

모두모두 정겹네

선보이는 애틋한 바람에 별이 반짝인다

별을 노래하는 마음으로

모든 죽어가는것을 사랑해야지

서시 中

알 송
달 송

그제의 난

내가 참 똑똑구나 설쳐댔네

그러면서 알송한 것은

그런 나를

사랑할 수 없었지요

그토록 그럴 수가

이제의 난

내가 참 딱딱구나 깨우쳤네

이러면서 달송한 것은

이런 나를

사랑할 수 있었지요

이토록 이럴 수가

세상일은 알다가도 모를 일이 참 많은 것 같아요

난생
처음

난생 처음

      너를 보았네

난생 처음

      나는 울었네

내가 주께 감사하옴은 나를 지으심이 신묘막측하심이라

주의 행사가 기이함을 내 영혼이 잘 아나이다

시편 139:14

이사야 5 5

고요한 어느 날 새벽

이사야 55가 눈에 들어왔어요

뜻 모를 말들이 마음에 머물렀지요

수차례 비와 눈이 내렸어요

그 말들도 눈과 비가 되었나

어느덧 기억의 저편으로 사라졌지요

그러던 어느 날 아침

문득 그 말들이 보고 싶었어요

스치듯 여호와와 汝好臥가 겹쳤지요
여 호 와

난 말없이

방긋 웃었어요

이사야 五五는
오 오

이제야 昨肝지요
오 오

오직 위에 있는 예루살렘은 자유자니 곧 우리 어머니라

갈라 4:26

오래된 미래

보라 전에 예언한 일이 이미 이루었느니라

이제 내가 새 일을 고하노라 그 일이 시작되기

전이라도 너희에게 이르노라

이사야 42:9

꽃 샘
추 위

그 후에

오히려 꽃망울의 샘솟음이

그 짧은

추위가 시련이자 축복임을

그 대가

오묘한 자연함의 실상인가

용기를 내어

당신이 생각하는 대로 살아야 합니다

그렇지 않으면

머지않아 당신은 사는 대로 생각하게 될 것입니다

폴 부르제

그럴
수가

생명의 탄생은 창조이고

생명의 성장은 진화이다

지금이 태초이고

오늘이 그날이다

태초에 하나님이 천지를 창조 하시니라

창세기 1:1

별

우리가다같이

살수있는것은서로의

같은점보다도다른점

때문입니다별남으로

서로빛납니다

주의 권능의 날에 주의 백성이 거룩한 옷을 입고 즐거이 헌신하니

새벽 이슬 같은 주의 청년들이 주께 나오는도다

시편 110:3

빛

좋음을

솔직함은
힘입니다

내게 주신 은혜로 말미암아 너희 중 각 사람에게 말하노니

마땅히 생각할 그 이상의 생각을 품지 말고 오직 하나님께서

각 사람에게 나눠 주신 믿음의 분량대로 지혜롭게 생각하라

로마서 12:3

어찌할 固
고

可 : 무언가를 바라나 실행하지 않음이요
가

　　　이는 간절함이 덜하거나 두렵기 때문이다

當 : 더 나음을 들어도 덜 나음에 머뭄이요
당

　　　이는 분별력이 덜하거나 귀찮기 때문이다

가당함의 밑바탕에는 慣性이 자리하고 있다
　　　　　　　　　　　 관 성

하늘에 큰 이적(異蹟)이 보이니 해를 입은 한 여자가 있는데

그 발 아래는 달이 있고 그 머리에는 열두 별의 면류관을 썼더라

　　　　　　　　　　　　　　　　　　　　계시 12:1

뭐 라 해 島
도

어떤이가 누군가에게

疑問할 권세가 있다면
의 문

누군가는 어떤이에게

黙答할 권세가 있으리
묵 답

네가 알지 못하는 나라를 부를 것이며 너를 알지 못하는 나라가

네게 달려올 것은 나 여호와 네 하나님 곧 이스라엘의 거룩한

자를 인함이니라 내가 너를 영화롭게 하였느니라

이사 55:5

自 由
자 유

스스로

美術家가 도화지에 붓으로 색칠을 하듯
미 술 가

性命精은 시공간에 힘으로 작용을 하여
성 명 정

천지 만물을 造物하고
조 물

보편 생명을 創造하네
창 조

자유자재로 태어납니다

自 在
자 재

본대로 腦는 天의 圖이고
뇌　천　도
心은 地의 核이다
심　지　핵

天의 靈感이 스쳐가는 길은 신경이고
영 감
地의 感情이 흘러가는 길은 핏줄이다
감 정

자유자재로 살아갑니다

서 울 로

眞은
_진

　생명 그 드러남이요

善은
_선

　생명 그 살아감이며

美는
_미

　생명 그 어울림이다

즉 眞善美란 생명의 自體요
　　　　　　　　　　_{자 체}

　　　　생명의 本體요
　　　　　　_{본 체}

　　　　생명의 全體다
　　　　　　_{전 체}

하나님이 그 지으신 모든 것을 보시니 보시기에 심히 좋았더라

저녁이 되며 아침이 되니 이는 여섯째 날이니라

　　　　　　　　　　　　　　　　창세기 1:31

세 계 로

삶은 어떻게 살아야 하는가

위선과 착각의 겉멋을 벗어 버릴수록

제대로 살아감이 아닌가

겉멋대로 살아감은 삶이 苦痛으로
　　　　　　　　　고 통
　　　　　　　아수라장에 다다를 것이고

본멋대로 살아감은 삶이 古通으로
　　　　　　　　　고 통
　　　　　　　아미타불에 다다를 것이다

여호와를 경외함이 곧 지혜의 근본이라 그 계명을 지키는 자는

다 좋은 지각이 있나니 여호와를 찬송함이 영원히 있으리로다

　　　　　　　　　　　　　　　　　　　시편 111:10

잠 시 잠 깐

생명이 태어나고 자란다는 것이

언젠가 반드시 죽는다는 것일까

아직 모를 일이나

흔히 말하는 죽음이 불가피 하다면

生과 死 사이인 삶에서
생   사

여러 일 중 하나는

죽음의 순간을 饗宴할 수 있는 힘의 축적이다
            향 연

죽는 모습은 그동안의 삶을 말해준다

젊음은 본래의 순수걸작이고

늙음은 각자의 예술작품이다

不 一 不 二
불 일 불 이

運命과 運轉의 같은 점은 体의 작용이고
운 명　　운 전　　　　　　体

다른 점은 用의 본질이다
用

餘裕있게 운전하면 차를 잘 운행할 수 있듯
여 유

謙遜하게 운명하면 삶을 잘 운영할 수 있다
겸 손

소원이 이뤄진 미래가

이미 우주에 존재한다　　우주의 법칙

벗

神이란 幽冥의 象이며
신　　유명　상

人이란 厖命의 形이다
인　　무명　형

神의 존재 가치는 人이 부여하고
신　　　　　　　인

人의 존재 가치는 神이 부각한다
인　　　　　　　신

故로 그들은 共生한다
고　　　　　공생

믿음으로 사라 자신도 나이 늙어 단산(斷産)하였으나 잉태하는

힘을 얻었으니 이는 약속하신 이를 미쁘신 줄 앎이라

히브 11:11

짓

비록 거짓이더라도

자기의 錯覺을 말하는 것은 자연스런
　　착 각

　　　　　　　　짓
　　　　　　　　이
　　　　　　　　로
　　　　　　　　고

비록 사실이더라도

자기의 生覺을 우기는 것은 어리석은
　　생 각

　　　　　　　　짓
　　　　　　　　이
　　　　　　　　구
　　　　　　　　나

그 래 야 만 했 나 ?

그 래 야 만 했 다 !

베토벤

座右銘
좌 우 명

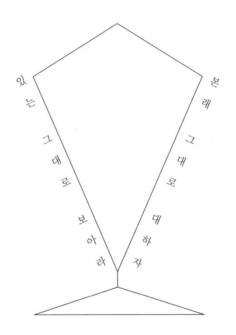

있는 그대로 보아라

본래 그대로 대하자

믿는다고 하는 것은 실제로 그러하기 때문에 믿는 것이

아닙니다 이미 그러하다면 믿고 안 믿고가 없습니다

그것은 이미 그러하기 때문입니다

참으로 믿으면 그렇게 될 것이며 반드시 믿는 대로 성취될 것입니다

만인 행복의 길라잡이

鄭 鑑 錄
정 감 록

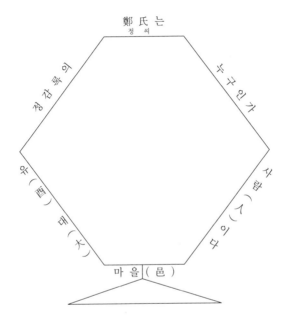

鄭氏는
정 씨

누구인가

정감록의

사람(人)

우(酉) 두의

대(大)

마을(邑)

너희가 나를 택한 것이 아니요 내가 너희를 택하여 세웠나니

이는 너희로 가서 과실을 맺게 하고 또 너희 과실이 항상 있게

하여 내 이름으로 아버지께 무엇을 구하든지 다 받게 하려 함이니라

요한 15:16

우리말 우리글은 각각 陰陽을 갖추었다
                       음 양

글에 있어 달은 漢字이고 해는 正흡이다
                한 자   정 음

말에 있어

들이키며 나는 소리는 陰이고
                              음

내뱉으며 나는 소리는 陽이다
                              양

이렇게 짜여진 언어이기에 뛰어난 創造力을
                                        창 조 력

가질 수 있는 것이다

한글이란 말은 한자와 정음[소리글]을 함께 부르는 뜻입니다

一 始 無 始 一
일 시 무 시 일

一 終 無 終 一
일 종 무 종 일

우주는 비롯됨이 없이(모든 순간) 비롯된(창조되는) 생명이며

생명은 끝마침이 없이(무궁 토록) 끝나는(개벽하는) 우주니라

천부경이 81자로 이뤄진 것은 근본[本=八十一]임을 말함이다

이 대 로

새의 날아감을 남이라하며

　　날아감이 남쪽이라면

남[南]의 맞이함은 행[幸]입니다

人의 緣을 남으로 맺을 때
인　　연

和平之幸이 찾아옵니다
화 평 지 행

함께 있되 거리를 두라

그래서 하늘 바람이 너희 사이에서 춤추게 하라

　　　　　　　　어느 현자

그 대 로

당신은 태초의 生靈입니다
　　　　　　생 령

당신은 아담한 聖殿입니다
　　　　　　성 전

당신은 순간의 宇宙입니다
　　　　　　우 주

當身은 존재하고
당 신

　　　존재하고

　　存在하는
　　존 재

빛 입 니 다

당신은 하나님의 형상을 닮은 하나뿐인 존재입니다

恩 賜
은　사

하나님이 우리를 구원하사 거룩하신 부르심으로 부르심은

우리의 행위대로 하심이 아니요 오직 자기 뜻과 영원한 때

전부터 그리스도 예수 안에서 우리에게 주신 은혜대로 하심이라

딤후 1:9

役 事
역　사

너도									나도
	나도							너도	
		각자				모두			
			하늘		생명				
				말씀					
				뜻의					
			참예		삶을				
		자가				살고			
	된다							있다	
궁을									아멘

아버지께서 내 안에, 내가 아버지 안에 있는 것같이

저희도 다 하나가 되어 우리 안에 있게 하사 세상으로

아버지께서 나를 보내신 것을 믿게 하옵소서

요한 17:21

敬 天 愛 人
경 천 애 인

나무는 뿌리와 잎을 통해 天地의 기운을
천 지

받아 열매를 맺는다 이렇듯

地의 生은 부모와 이웃의 은덕에 이뤄지고
생

天의 命은 하늘과 스승의 은혜로 이뤄진다
명

나를 솟게 함이 하늘과 스승의 은혜에

보혜하는 길이고

너를 반듯 씀이 부모와 이웃의 은덕에

보덕하는 길이다

이 두 가지 일이 孝의 근본이고
효

安의 정수이다
안

너희가 하나님의 성전인 것과 하나님의 성령이 너희 안에

거하시는 것을 알지 못하느뇨

고전 3:16

悠悠自適
유 유 자 적

반듯반듯 닦인 길을 마다하고

울퉁불퉁 거친 길을 마다않네

그 길에서 외로워하고

그 길에서 새로워하네

그 발길 머무는 곳

그 곳이 길 되리라

풀 한 포기 없는 이 길을 걷는 것은

담 저쪽에 내가 남아 있는 까닭이고

내가 사는 것은 다만

잃은 것을 찾는 까닭입니다

길 中

예 레 美 야
미

바른 말씨

좋은 솜씨

참한 맵씨를 두루두루 갖춘이가

　　　　　　예레미야

우리는 禮로운 美人입니다
　　　예　　　　미 인

우리는 그의 만드신 바라 그리스도 예수 안에서

선한 일을 위하여 지으심을 받은 자니 이 일은

하나님이 전에 예비하사 우리로 그 가운데서 행하게 하려 하심이니라

에베 2:10

모 나 里 자
리

그대여 꿈을 얼씨구려

그리고 꾀를 수렴하고

끼를 발산하며

까득 펼치소서

그러한 꿈은 절씨구나

내가 오늘 명하는 모든 명령을 너희는 지켜 행하라 그리하면

너희가 살고 번성하고 여호와께서 너희의 조상들에게 맹세하신

땅에 들어가서 그것을 차지하리라

신명 8:1

秘밀公약
비 공

태초에 비밀스런 약속이 있었다

千變萬化하는 우주의 운행이
천 변 만 화

하나의 실로 꿰어지니 어느 것 하나

따로 존재할 수 있겠는가

그러하니

그무엇도 언젠가는

귀를 지으신 자가 듣지 아니하시랴

눈을 만드신 자가 보지 아니하시랴

시편 94:9

36

상 生 상 剋
생 극

정신의 마음은 變을 推究하며
변 추구

육신의 마음은 通을 追求한다
통 추구

魔音[에고]과 痲音[아이고]의
마 음 마 음

갈등이

우리의 삶인가

육체의 소욕은 성령을 거스리고 성령의 소욕은 육체를 거스

리나니 이 둘이 서로 대적함으로 너희의 원하는 것을 하지

못하게 하려 함이니라

갈라 5:17

畵 龍 點 睛
화 룡 점 정

지구인 우리는 생명의 말씀 즉 만나를

찾아온 탐험가다

행여나 만나를 만나면 誠敬信을
성 경 신

다하며 아껴보자

무릇 더러운 말은 너희 입 밖에도 내지 말고

오직 덕을 세우는 데 소용되는 대로 선한 말을 하여

듣는 자들에게 은혜를 끼치게 하라

에베 4:29

本來面目
본 래 면 목

스스로를 책망함은 무엇인가

반성하고 회개하기 위함인가

사실은

그것을 다시 하게 하려는 거짓의 誘惑이다
유 혹

진정한 自責은 오늘의 自己를
자 책   자 기

기꺼이 責礪함이다
책 려

하나님이 세상을[나를] 이처럼 사랑하사

독생자를 주셨으니 이는 저를 믿는 자마다[나를]

멸망치 않고 영생을 얻게 하려 하심이니라

요한 3:16

탐구 生活
생 활

호시 탐탐[眈眈]

탐탁[耽度]지 않게 여기는

나의 탐심[貪心]을 탐색[探索]하며

오직 耽味하리
탐 미

  탐. 탐.. 탐...

3차원 삶 자체가

천상 정부가 인류를 공부시키기 위해 준비한

잘 짜여진 매트릭스이자

홀로그램의 세계입니다

            우데카

吾 知 구 나
오 지

오지구나 오지구나	미움걱정 끌어안고
이내기쁨 어이할꼬	몸도맘도 아파보니
다섯으로 이뤄진나	두려움도 외로움도
이제서야 통하구나	나의모양 이로구나
너가있어 나가있고	시구시구 좋을시구
나가있어 너가있네	길이빛날 우리로다

살다보면 뜻밖의 일을 경험하게 되지요

卍 法
만　법

卍자의 중심은 무엇인가
만
그것은 森羅의 씨앗으로
　　삼 라
　　萬象을 펼쳐가며
　　만 상
그들은 언젠가 본원으로

　　온전히 돌아간다

일테면 중심이 나라하면

내가 바로 내 삶의 창조자요

내가 바로 내 삶의 책임자다

卍자는 두루 만남이요 어루 만짐이다

方便
방 편

人이 몸을 갖고 있는 한 이른바 살아 있는 동안
인

불평불만 근심걱정 등등은 어쩔 수 없는 것이다

다만 개인마다 많고 적음의 差異가 있을 뿐
차 이

고로 삶에서 이들과 벗함이 어떠한가

벗한다는 것은 이런 감정을 굳이 숨길 필요도 없으며

굳이 보일 필요도 없다는

뜻이다

당신은 감정을 솔직히 보이시나요

대체로 숨기시나요

知覺
지　　각

지식의 앎[껄 앎戠]은 대개 단소리로 들리지만

　　　결국 생명을 죽이는 독이 된다

반면

경험의 앎[깔 앎㕦]은 간혹 쓴소리로 들리지만

　　　때론 생명을 살리는 약이 된다

지혜 있는 자는 궁창의 빛과 같이 빛날 것이요

많은 사람을 옳은 데로 돌아오게 한 자는 별과 같이

영원토록 비취리라

　　　　　　　　　　　　　다니 12:3

覺 知
각 지

경칩이 되면 개구리를 볼 수 있다

구리[九理]는 九宮의 理致를 뜻하고
구 궁　　이 치
개[開]는 잠에서 깸이다

개구리가 개굴개굴 우는 것은 얼이 드나드는 문을[굴]

　　　　　　　　　　　　열어라고[개] 깨우는 것이다

개구리를 다른 말로 깨구락지 라고도 한다

이는 개구[開九]하면 락지[樂地]됨을

다시 말해 地上樂園에 삶을 감추어 알려준 말이다
지 상 락 원

많은 사람이 연단을 받아 스스로 정결케 하며 희게 할 것이나

악한 사람은 악을 행하리니 악한 자는 아무도 깨닫지 못하되

오직 지혜 있는 자는 깨달으리라

　　　　　　　　　　　　　다니 12:10

45

알 아

꽃[花]은 겉이 밝고 속은 검해

　　헌잎이 떨어지는[落] 것이다

씨[實]는 겉이 검고 속은 밝아

　　새싹이 돋아나는[發] 것이다

나로 부터 *爲始*[위시] 한다

차 림

觀을 통해 智를 밝혀서
관   지

見을 통해 仁을 이루고
견   인

視를 통해 禮를 갖추고
시   례

監을 통해 義를 지니며
감   의

覽을 통해 信을 맺는다
람   신

내가 먼저 Wish[위시] 한다

四宜齋
사 의 재

반갑습니다

자비이시여

미안하고도

고맙습니다

네마디 天眞함이
천 진
만사의 圓滿함을
원 만
오롯이 품고있네

너희는 우리로 말미암아 나타난 그리스도의 편지니 이는 먹으로

쓴 것이 아니요 오직 살아계신 하나님의 영으로 한 것이며

또 돌비에 쓴 것이 아니요

오직 육의 심비(心碑)에 한 것이라

고후 3:3

瑤 池 鏡
요　지　경

어기여차 님이여

뱃놀이 가잔다

업고 있는 業일랑 내려놓고
업

뱃놀이 가잔다

아따 뭣땀시 그랑가

엎으면 될 것을

어기여차 님이여

뱃놀이 가잔다

사람이 감당할 시험밖에는 너희에게 당한 것이 없나니

오직 하나님은 미쁘사 너희가 감당치 못할 시험당함을

허락지 아니하시고 시험당할 즈음에 또한 피할 길을 내사

너희로 능히 감당하게 하시느니라

고전 10:13

念願
염 원

아~ 하늘이시여

단 하루라도

두 밝음을 깨달은 삶을

살겠나이다

하나. 순간의 가능성을 아는 밝음

하나. 억지로 무언가를 바꿀 일도

바꿀 수도

없음을 아는 밝음

두 밝음을 터득하면

저절로 虛心할 것이고
허 심

마땅히 坦懷할 것이다
탄 회

같이 있는 너

가치 있는 나

觀 音
관 음

대개 살아온 날이 있고

    살아갈 날이 있다 간주합니다

잠시 주위를 보세요

이런 관점이 삶을 어떻게 만드는지

우린 다만 찰나에 찰나할 뿐입니다

우린 왜 지나간 일에

    다가올 일에 마음을 뺏길까요

神 想
신 상

당신이 바로 유아독존이고

당신이 바로 그유일신이다

神이 된다는 것은
신

"나는 존재한다"

라고 말하는 것이다

*람타 中

神이란

耳目口鼻를 통해 사물을 보고 아는 존재를 말한다
이 목 구 비

53

三 尺
삼   척

一尺: 凡人은 혼례를 통해
      범 인

      性을 안다
      성

一尺: 世人은 관계를 통해
      세 인

      心을 안다
      심

一尺: 平人은 세상을 통해
      평 인

      意를 안다
      의

가시는 걸음 걸음

놓인 그 꽃을

사뿐히 즈려 밟고 가시옵소서   진달래 꽃 中

54

童子
동 자

헛됨을 疑問하지 못한 이 바로 나요
          의 문

참됨을 疑心하는 이 역시 바로 나다
          의 심

삶에 때때로 되물음이 필요하다

그때 꺼리면 勇氣로써 돌아서는 것이고
          용 기

그때 끌리면 忍耐로써 나아가는 것이다
          인 내

숲 속에 두 갈래 길이 있었고, 나는

사람들이 적게 간 길을 택했다고

그리고 그것이 내 모든 것을 바꾸어 놓았다고   가지 않은 길 中

55

平康
누리

평 강

건강한 삶의 원리가

올바른 食문화

식

&

똑바른 디톡스

에 있음을

온 땅에서 이루어지이다

萬病一毒이라
만 병 일 독

만가지 병의 원인들 중에 제일이 독이라

生命 하나
생 명

生命이란
생 명

창조주께서 명[命]하신 것을 생[生]하라는

召命을 가지고
소 명

살아[生] 있는 말씀[命]으로

이 땅에 태어나 각자의 일을 통해

창조주의 뜻을 펼치는 존재이다

異病同治라
이 병 동 치

병명은 달라도 그 치료법은 같도다

秉病捨邪
병 병 사 사

삶에 병이 드러날 때

    그냥 여김[念]은 禍지만
         념   화

    다시 새김[慮]은 福이다
         려   복

무릇 病은 삿됨을 잡음으로 오는 것이다
    병

그를 통해 자기 삿됨을 보게 되는 것이고

    오직 삿됨을 버리고자 살핌이

    실로 질병을 낫게하는 길이다

고로 病이 어찌 祝福이 아니겠는가
    병   축 복

심령이 가난한 자는 복이 있나니 천국이 저희 것임이요

                                마태 5:3

北之加月
북 지 가 월

생명의 씨는

땅을 등져 버리면[背叛] 싹틀 수가 없다
　　　　　　배 반

진흙 속에서 연꽃이 피어나듯

靈은 몸을 등지고[背水陳]
령　　　　　　　배 수 진

힘써 헤쳐 나가야 심지를 펼 수 있다

좋은 땅에 뿌리웠다는 것은 말씀을 듣고 깨닫는 자니

결실하여 혹 백 배, 혹 육십 배, 혹 삼십 배가

되느니라 하시더라　　　　　　　　마태 13:23

諸 行 無 常
제 행 十 상

진리의

本質은 변함 없음이요
본질

現象은 변함 있음이다
현상

그 변함 있음에는 일정한 秩序가 있고
질서

그 변함 없음에는 홀연한 整然이 있어
정연

새로운 生이 태어나고
생

그렇게 命이 펼쳐진다
명

우주의 진리는

모든 것이 에너지의 작용임을 아는 것입니다

에너지의 작용에 옳고 그름이 없으며

오직 일어날 일들이 일어났을 뿐입니다

우데카

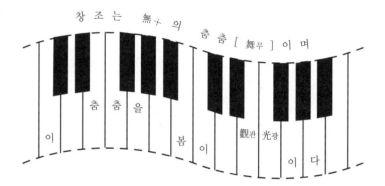

無窮無盡
+ 궁 무 진

창조는 無+의 춤춤[舞무]이며

이 춤춤을 봄이 觀관 光광 이다

눈에 보이는 세상은

눈에 보이지 않는 세계가 있기에 펼쳐지는 것입니다

우데카

永자를 보고 생각건대
영

비와 눈
안개와 구름
지표수와 해양수

그 상태는 다르지만 그 본질은 같지않나

어쩌면 永生이란 자연계의 순환을 말하지 않을까
영 생

길에 서서
그 길을 따라
그와 길이 사네

내가 너희 무리를 위하여 이와 같이 생각하는 것이 마땅하니

이는 너희가 내 마음에 있음이며

나의 매임과 복음을 변명함과 확정함에

너희가 다 나와 함께 은혜에 참예(參與)한 자가 됨이라

빌립 1:7

일정한 주기에 따라

달이 차고 기울 듯

삶도 이렇다면

때에 걸맞게

자리하겠나이다

너희가 어찌하여 양식 아닌 것을 위하여 은을 달아 주며

배부르게 못할 것을 위하여 수고하느냐 나를 청종하라

그리하면 너희가 좋은 것을 먹을 것이며 너희 마음이

기름진 것으로 즐거움을 얻으리라   이사 55:2

申命記
신 명 기

천명지위성　地命之爲心

天命之爲性　지명지위심

솔성지위도　先心之爲德

率性之爲道　선심지위덕

수도지위교　行德之爲學

修道之爲敎　행덕지위학

*중용 中

너는 마음을 다하고 성품을 다하고 힘을 다하여

네 하나님 여호와를 사랑하라　　신명 6:5

생 기 로 운

모든 생명은 攝理로 태어난다
섭 리

그러므로

존재 자체가

意味이고 神性이며
의 미   신 성
하나님의 숨결이다

모두 다 잘 생겼다

수 수 께 끼

10 癸 勝
   계 승

9 壬 聚
  임 취

8 辛 散
  신 산

7 庚 運
  경 운

6 己 形
  기 형

5 戊 本
  무 본

4 丁 成
  정 성

3 丙 原
  병 원

2 乙 秘
  을 비

1 甲 神
  갑 신

수리수리 마하수리 수수리 사바하_길상존 이시여

길상존 이시여 지극한 길상존 이시여 원만 성취하소서

빛 나

修 道는 애ㅓ[愛無]요
수 도

關 係도 애◎[愛撫]다
관 계

관계는 發光이요
발 광

수도도 發狂이다
발 광

일어나라 빛을 발하라

이는 네 빛이 이르렀고

여호와의 영광이 네 위에 임하였음이니라   이사 60:1

떠 나

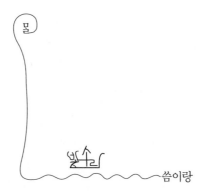

몰

빛수리

씀이랑

일찍이 아세아의 황금 시기에

빛나던 등촉의 하나인 Corea

그 등불 다시 한번 켜지는 날에

너는 동방의 밝은 빛이 되리라

타고르

無題
제

無란 무궁한 생명의 바탕이다

봄 나 들 이

영혼이 육의 몸을 입고 사는 것은 居짓된 삶이요
　　　　　　　　　　　　　　　　　거

영혼이 빛의 옷을 입고 사는 것은 巨룩한 삶이다
　　　　　　　　　　　　　　　　　거

肉의 몸은 獄과 같아 이 세상에 올 때는 울면서 오며
육　　　　옥

肉의 몸은 朋과 같아 저 세계에 갈 때는 아쉽게 간다
육　　　　붕

나의 가는 길을 오직 그가 아시나니

그가 나를 단련하신 후에는 내가 정금같이 나오리라

　　　　　　　　　　　　　　욥기 23:10

72

弘益人間
홍 익 인 간

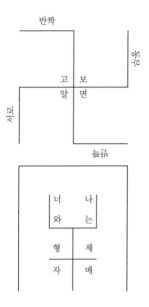

홍익인간이란 나 중심이 아니라 더불어 생각하고 나누는

우리의 공생공영의 공동체의 철학이념이요 함께하는

공유의 실천철학이다   원영진 선생

矛盾
모 순

누구나 아무것도 잘못된 것이 없습니다

단 하나 굳이 말하자면 그것은

너의 무언가에 잘못된 것이 있다는

나의 착각입니다

사실은

그것도 잘못된 것이 아닙니다

너희는 한 겨레로 일체가 되어 의좋고 정답게

서로 손을 잡고 같이 살아가라   단군 칙어 中

지 피 지 기

罪란 무엇인가
죄

밝지[目] 아니함[非]이다

그럼

罰은 무엇인가
벌

밝은[目] 말씀의[言] 칼[刂]이다

邦舊命新(방구명신)_나라는 유구하고 천명은 새롭도다

이승만 초대 대통령

콩 쥐 팥 쥐

지난 일을[過] 구구히 말하는 것은

허물을[過] 입음이요

지난 일을[過] 담담히 말하는 것은

허물을[過] 벗음이다

神怡心靜(신이심정)_정신은 미쁘시고 마음은 고요하다

박정희 대통령 신당동 가옥

詩 時 刻 覺
시 시 각 각

평인의 詩는 智 情 覺의 새로움이다
시 　 지 정 각

그 중심은 생각이다

자연의 時는 日 月 星의 새겨짐이다
시 　 일 월 성

그 중심은 태양이다

어두운 데서 빛이 비춰리라 하시던 그 하나님께서 예수 그리스도의

얼굴에 있는 하나님의 영광을 아는 빛을 우리 마음에 비춰셨느니라

고후 4:6

子 問 字 答
자 문 자 답

어떻게 하는 것이 답인가

答은 보통 자신 속에 있고
답

대개 逆發想에 있다
역 발 상

그리고 서로 기쁠 때 더욱 답이다

그 중에 이 세상 신이 믿지 아니하는 자들의 마음을 혼미(昏迷)케 하여

그리스도의 영광의 복음의 광채가 비취지 못하게 함이니

그리스도는 하나님의 형상이니라   고후 4:4

강강戌來
술 래

동틈을 펼치는 것이 해봄이요

해봄을 가지런 함이 밝음이다

밝음이 없는 또함은 부질하고

해봄이 없는 동틈은 무엇하리

去去去中知(거거거중지)_가고 가고 가는 중에 알게 되고

行行行裏覺(행행행리각)_하고 하고 하다 보니 익게 된다

권태훈 선생

입춘大吉
대 길

입에 들어가는 것은 肉을 맑게 하고
육

입서 날라가는 것은 靈을 밝게 한다
령

고로

입에 들어가는 것을 節制함이
절제

입서 날라가는 것을 操心함이
조심

필요하다

通卽不痛(통즉불통)_통하는 것은 곧 아프지 않음이요

痛卽不通(통즉불통)_아프는 것은 곧 통하지 않음이다

동의보감

一 切 唯 心
일 체 유 심

그누가

우주의 크기를 말할 수 있고 그 시작을 알 수 있겠는가

그럼에도 감히...그 크기를 想像해 본다
상 상

우주의 크기와

똑같은건

그대마음

무릇 지킬 만한 것보다 더욱 네 마음을 지키라

생명의 근원이 이에서 남이니라

잠언 4:23

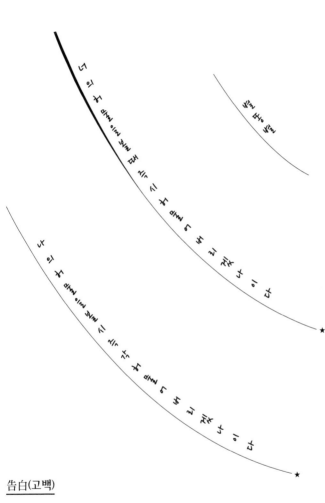

告白(고백)

저는 타인을 훈계하고 가르치는 말투이고

홀로 있어야 편한 교만(驕慢)한 자입니다

힘의 原理
원 리

空은 창조의 근원으로
공

    무무한 無를 꿰매는 힘이 있다
    十

    그 힘으로 數가 이루어진다   [원초적 빔]
       수

虛는 진화의 근본으로
허

           얼
    수수한 數를 설키는 힘이 있다
      수   고

    그 힘으로 色과 象이 만들어진다 [본능적 빔]
       색   상

비어 있을 때 큰 힘이 나옵니다

剛斷
강 단

버리지 않을 것을

갈등 없이 붙잡는 슬기와

붙잡지 않을 것을

미련 없이 버리는 용기를

믿습니다

그리고

맑고 밝고 맞게 분별합니다

너희는 이 세대를 본받지 말고

오직 마음을 새롭게 함으로 변화를 받아

하나님의 선하시고 기뻐하시고 온전하신 뜻이

무엇인지 분별(分別)하도록 하라　　　로마 12:2

너랑나랑

빨 · 주 · 노 · 초 · 파 · 남 · 보
빛깔이 나와 친구야 놀자

怒노 · 愛애 · 喜희 · 慾욕 · 惡오 · 哀애 · 懼구
성깔이 나와 친구야 놀자

아기자기 소꿉놀이 속에

맛스런 꼬마 되어 까르르

멋스런 또래 되어 또르르

吽哆
홈 치

太乙天 上元君 吽哩哆唧都來 吽哩喊哩娑婆訶
태 을 천 상 원 군 홈 리 치 야 도 래 홈 리 함 리 사 파 하

吽哆
홈 치

태을주

如 如
여   여

봄이 오면	님이 오면
들판에는 쑥들이 쑥덕거려요	내맘에는 꿈들이 꿈틀거려요
아참 아지랑이도 일지요	아참 살랑바람도 일지요
왜 그렇지	왜 그렇지
얼핏 궁금해 보지만	걸핏 헤윰해 보지만
에 모르겠네요	헤 모르겠네요
혹시	역시
원래가 그런 건가요	원래가 그런 건가요

삶은 원래가 그런 건가요

倩 女 幽 魂
천 녀 유 혼

시무지기 빛을 감춘
맘나에게
긴긴 기다림이 있었네
오색 찬란한 소리를 담은
몸너에도
긴긴 기다림이 있었지

영원 전
너와 나
빛으로 맺은 언약 혼의 불씨 되어

그 어딘가에
그대 살아가겠지
그렇듯 그리운 그날
그리듯 그리운 그날
그리고 지금

인연_그 중에 그대를 만나

나 는 나 다

누구나 自己의 自身이
_{자 기}　_{자 신}

　　　自存한다
　　　_{자 존}

자신은 魍無에서 비롯되고
　　_{량 +}

그것은 그를 새롭게 한다

그렇듯 各各의 자신은
　　_{각 각}

　　　　다른 듯 같음이 있고

　　　　같은 듯 다름이 있다

決然히
_{결 연}

自己의
_{자 기}

自身을 따름은 나답게 삶이다
_{자 신}

나 답 게 살 아 감 은

　　나 의 의 무 이 자

　　　의 미 입 니 다

*漢字는 그 이전의 글(契), 문(文) 등을 바탕으로
  한자

활 잘 쏘고, 어질고, 군자의 도량을 지닌 東夷族이
                                    동 이 족

주축이 되어 하늘에 의해 만들어진 天字입니다
                                천 자

*숨은 보물 찾기

세 가지 사실이 숨겨져 있습니다

꼭꼭 숨겨 놓지 않았습니다

혹시 찾기 어렵다면

그것은 생각의 틀이 고정되어 있음을 의미할 수 있습니다

과연

누가 보물을 찾을 수 있을까요

당신이 바로 그 主人公입니다
               주 인 공

火

여울

이 책이 어떤 지식을 전하기 위해

쓰여졌다 생각하십니까

이 글은 工夫(공부)를 통해 알게 된 생명의 이치를

스스로 기뻐하며 쓰는 序詩(서시)입니다

생각건대 끝까지 보는 데 어느 정도 감내가

필요할 수 있고 어쩌면 조금은 껄끄러울 수도

있을지 모르겠네요 혹시 그렇더라도 그저 보고

또 보면 독자님도 문득문득 오는 自由(자유)함을

느끼실 것을 믿어 의심치 않습니다

달빛 아래 담소하듯 살포시 내리는 봄비 餘韻(여운)

雨

至極하신 헌 분의 깨우침... 그리고 나
지 극

가르침의 큰 뜻을 저의 작은 그릇으로 담아 표현함에 있어

분명 오류가 생길 것입니다

이 피할 수 없는 사실에 있어

저의 屬屬하려 애씀을 헤아려 주길 바랍니다
    촉 촉

아울러 世人의 屬性은 자기 꼴대로 생각하고
    세 인   속 성

            자기 멋대로 행동하니

소생이 궁금해 하는 바를 하나하나 살펴보는 분도

            군데군데 흘겨보는 분도

            있을 것입니다

저로선 이 글을 통해 當身_님의 삶이
            당 신

        萬분의 一이라도 屬望된다면
        만   일   촉 망

그 또한 幸運이지 않을까 생각해 봅니다
    행 운

                    9218./3048./2021. 5월

                    온 빛 참 존

                    두 손 모 아

                    다 시 씁 니 다

露